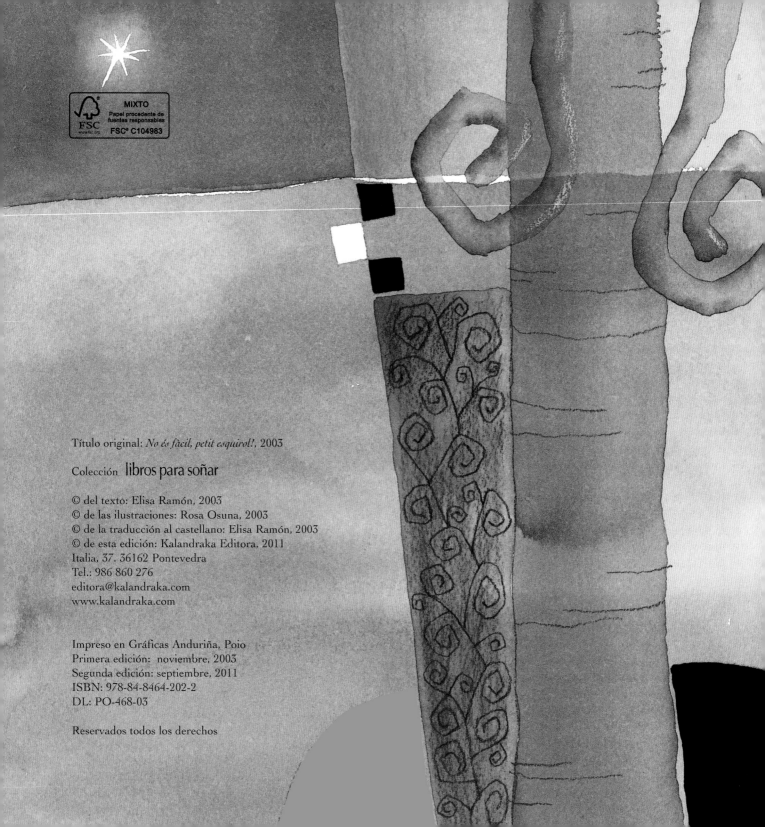

Título original: *No és fàcil, petit esquirol!*, 2003

Colección libros para soñar

© del texto: Elisa Ramón, 2003
© de las ilustraciones: Rosa Osuna, 2003
© de la traducción al castellano: Elisa Ramón, 2003
© de esta edición: Kalandraka Editora, 2011
Italia, 37. 36162 Pontevedra
Tel.: 986 860 276
editora@kalandraka.com
www.kalandraka.com

Impreso en Gráficas Anduriña, Poio
Primera edición: noviembre, 2003
Segunda edición: septiembre, 2011
ISBN: 978-84-8464-202-2
DL: PO-468-03

Reservados todos los derechos

Elisa Ramón

Rosa Osuna

¡No es fácil, pequeña ardilla!

kalandraka

La ardilla roja estaba triste.

Sentía una pena muy honda porque su madre se había muerto y pensaba que nunca más sería feliz.

Su padre le secaba las lágrimas
con ternura, intentando consolarla.

"Mamá siempre estará con nosotros..."
Y con la mano, se golpeaba el pecho: "¡Aquí!".

La ardilla
no lograba entender.

Lo único que veía era que ella ya no estaba.

Una noche
se enfadó con su mamá
por haberla abandonado.

Tan disgustada estaba
que arremetió contra los juguetes.

Cuando se calmó,
su papá la abrazó muy fuerte.

Aún así no dejó que la arropara,
ni quiso que le contase un cuento.

No quería que nadie ocupase
el lugar de su madre.

Pero mamá ya no estaba.

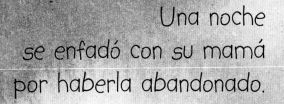

Cuando se quedó sola,
miró el cielo,
como hacía antes con su madre.

Buscó la estrella
que mamá había elegido
para protegerla
en sus sueños.

Pero aquella noche no la vio.

Entonces salió de casa
y fue a ver a su mejor amigo.

El búho extendió su enorme ala
y la cubrió para que no le entrase frío.

La ardilla se acurrucó
y, debajo de las plumas, lloró a sus anchas.

Mientras el búho dormía
hecho una bola de plumas,
la luz y el calor del sol
despertaron a la ardilla,
que desde el árbol
contempló el paisaje.

¡Era muy hermoso...!

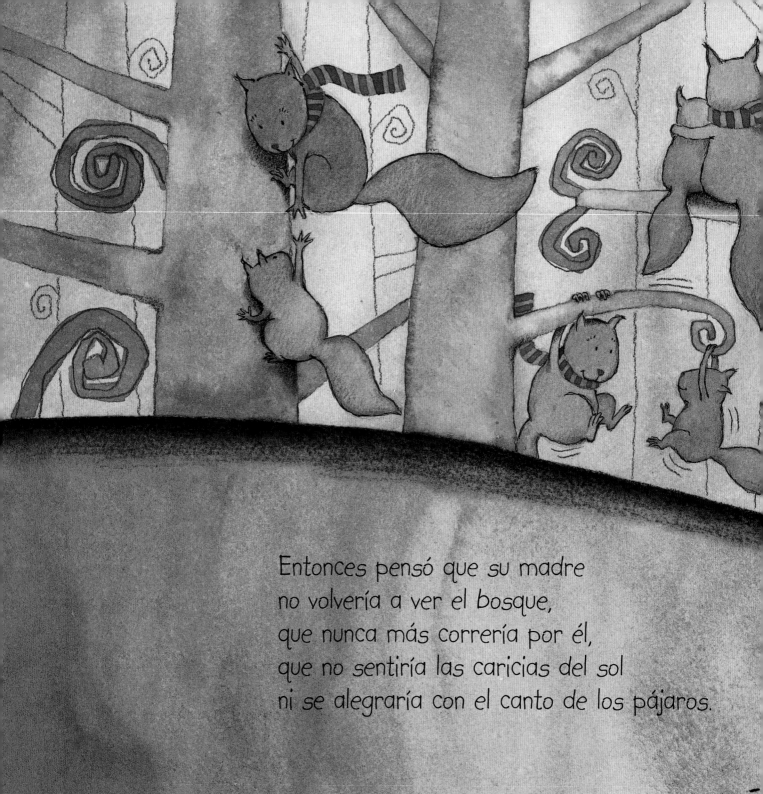

Entonces pensó que su madre
no volvería a ver el bosque,
que nunca más correría por él,
que no sentiría las caricias del sol
ni se alegraría con el canto de los pájaros.

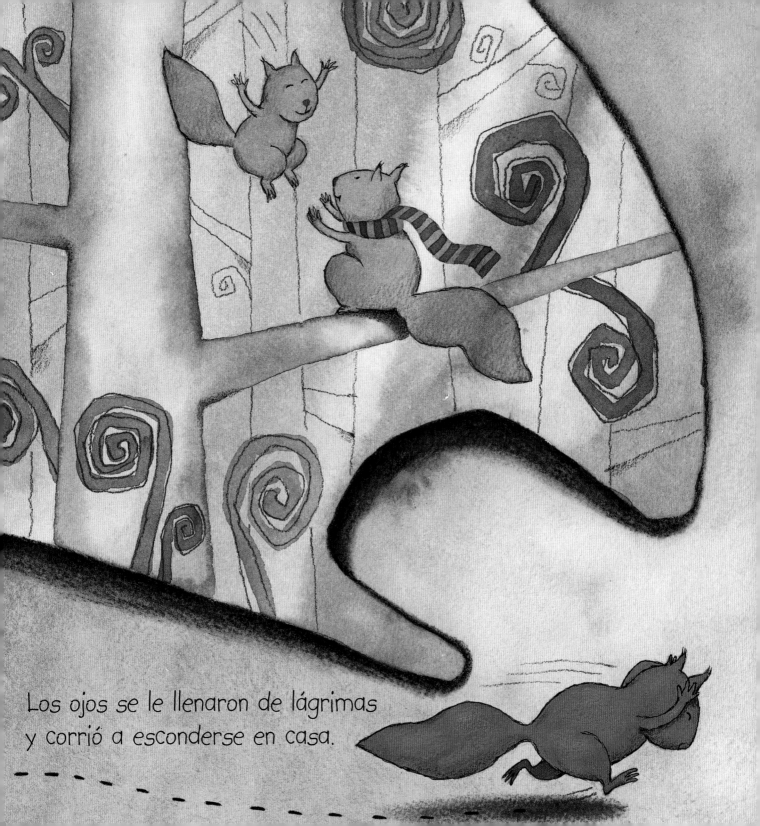

Los ojos se le llenaron de lágrimas
y corrió a esconderse en casa.

Se metió en la cama
y se tapó hasta más arriba de la cabeza.

Su padre se acercó y le acarició la espalda:

"Quiero que veas algo que te va a gustar...".

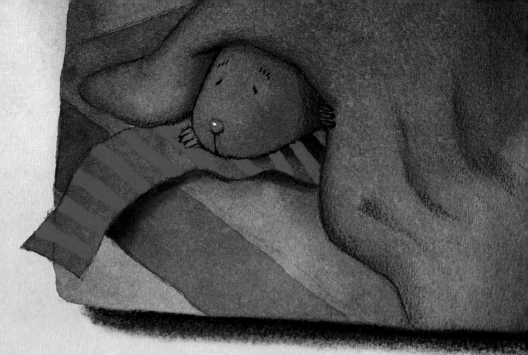

"¡Imposible!", se escuchó entre las sábanas.

"Ya no hay nada que me guste."

"Esto sí, ya verás...", aseguró su padre.

Y la ardilla, curiosa,
asomó el hocico.

"Estos son tus abuelos."

La ardilla roja, aunque no los había conocido,
había oído hablar mucho de ellos.

"Los quería mucho. Me gustaba estar siempre a su lado.
Pero se hicieron viejos y se murieron.
Entonces, también yo me sentí muy triste."

La pequeña ardilla escuchaba atenta.

"Aprendí mucho de ellos. Como tú de mamá y de mí.
Siempre los recordaré..."

"¿Y si me olvido de mamá?",
preguntó la ardilla.

"¡Imposible!
Ella también te quería mucho.
Ahora está en tu corazón."

La ardilla roja
no conseguía entenderlo...

Y suspiró.

En su pequeño corazón
solo había tristeza.

¡No tenía ni ganas de jugar!

Cuando veía a las mamás de sus amigos,
echaba de menos a la suya
y se sentía aún más triste.

Entonces prefería alejarse
y andar por el bosque.

Una tarde
se paró debajo de un nogal.

Cogió las nueces más grandes,
las frotó entre sus manos
y se puso a comerlas.

Las abría con mucha maña.
Se lo había enseñado su mamá,
para no partirse los dientes.

Después trepó a los árboles.

Saltando de rama en rama,
llegó al final del bosque.

Desde allí
contempló la puesta de sol.

Y, de repente,
notó un cosquilleo
por todo el cuerpo.

Levantó las orejas y ahuecó el rabo.
Miró a un lado, a otro...

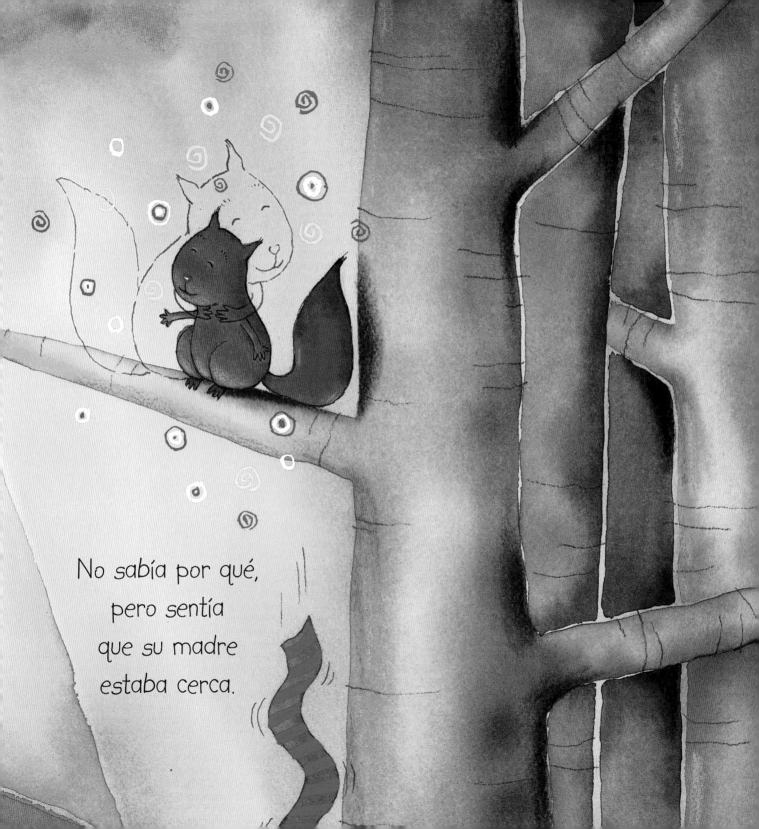

No sabía por qué,
pero sentía
que su madre
estaba cerca.

Cuando se hizo de noche,
corrió junto a su amigo.

El *búho*, en lo alto del viejo árbol,
le cantaba a la luna.

Los dos, en silencio,
miraron al cielo.

De pronto,
la pequeña ardilla
se fijó en una estrella.

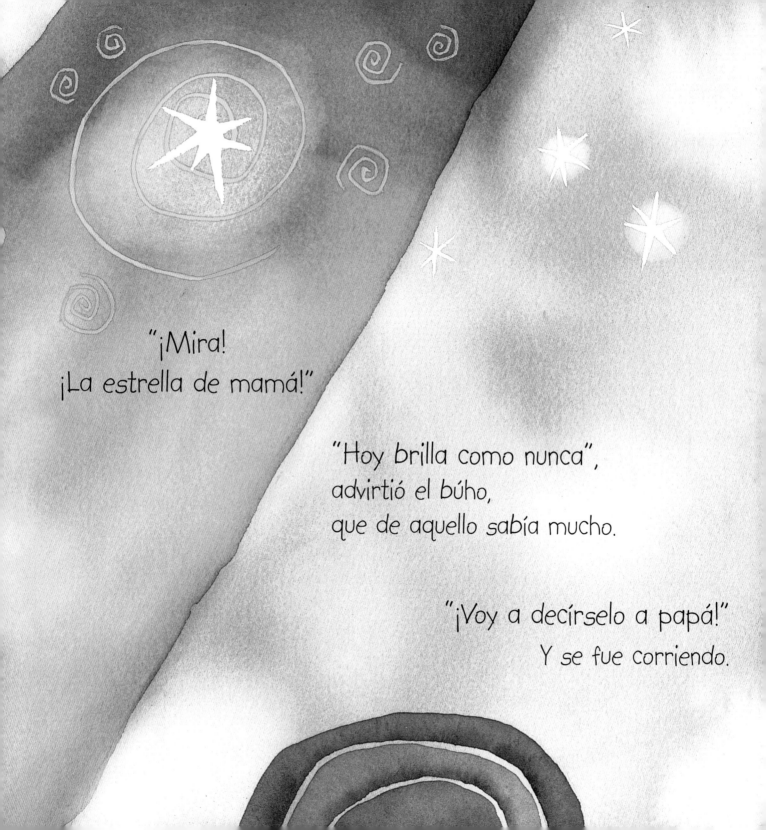

"¡Mira!
¡La estrella de mamá!"

"Hoy brilla como nunca",
advirtió el búho,
que de aquello sabía mucho.

"¡Voy a decírselo a papá!"
Y se fue corriendo.

La ardilla roja
había entendido que mamá estaba con ella,
¡y que nunca la abandonaría!

Aquella noche dejó que su padre la arropase.

Y poco antes de dormir, le dijo:
"¡Papá, cuéntame un cuento!".

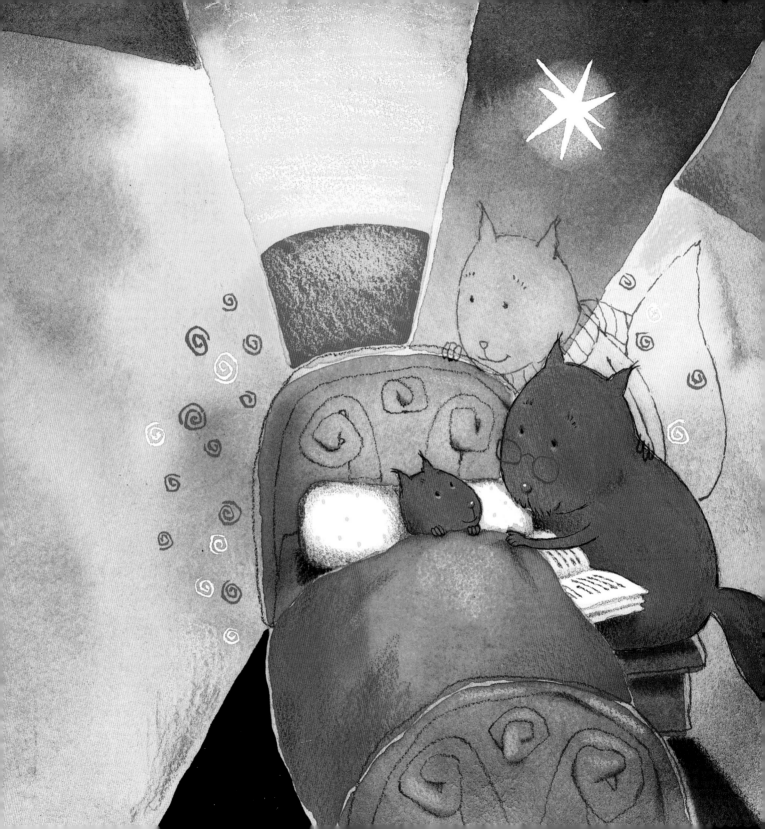